KB022995

출생의 비밀

b판시선 43

홍성식 시집

출생의 비밀

도서출판 b

철없이 미래를 낙관했던 청년 시절. 문장은 물론, 붓글씨에서도 일가를 이룬 소설가 김성동에게 '水觀'이란 글씨를 청해 선물 받았다. 시를 쓰거나 읽는 행위는 '물을 바라보는 마음'을 가져야 가능하리라 믿었다.

언제부터였는지 모르겠다. 그게 바다건, 강이건, 호수건 수면을 응시하는 시간이 좋았다. 세르비아 도나우 강변에서건, 크로아티아 스플리트 해변에서건, 인도 콜람의 낡은 목선 위에서건, 라오스 루앙프라방의 사찰에서건.

김지하와 아르튀르 랭보의 노래에 매료된 열일곱 소년은 외가가 있는 시골마을에서 도무지 깊이를 알 수 없는 저수지를 초점 흐린 눈동자로 오래 바라보곤 했다. 아침부터 해가 떨어질 무렵까지 방죽을 서성이던 날도 있었다.

그 소년이 지천명에 이르렀다. 34년 세월이다. 그럼에도 아직 마주한 물속에 무엇이 있는지 알지 못하고, 시를 읽고 쓰는 게 아이처럼 서툴기만 하다.

부끄러운 줄 모르고 두 번째 시집을 묶는다. 물과 시를 바라보는 사람으로 나를 만들어준 두 사람 중 하나는 이미 세상에 없다. 홀로 남은 엄마만이 이 염치없는 무모한 출간을 웃으며 반기려나.

2021년 초여름, 출렁이는 동해가 지척인 포항에서

홍성식

| 차 례 |

제3부

제1부

천변 풍경

죽도시장 1

고등어는 헐값으로도 팔리지 않았다
선창가 바람에선 사할린 동백 냄새가 났다

오징어는 바다에서 자취를 감췄다
휘황하게 밝힌 집어등 뒤에 떠난 아내가 서 있다

아들은 또 며느리 이름을 부르며 울고 있을까
원수놈의 술집은 긴 불황에도 여전히 흥청댔다

좌판 장사 40년 엄마의 입술이 파랬다
며칠째 팔지 못한 꽁치 등도 파랗게 질려갔다

남은 생선으론 배추 넣어 해장국을 끓일까
손자 녀석은 오늘도 학교에 가지 않은 눈치다

흉어가 내 탓이오, 타박하고 방문을 걸어찼다
노모는 어제처럼 눈물바람일 터였다

가스레인지 위 낡은 양은솥에서 국이 끓는다
자정이 넘었건만 아들도 손자도 돌아오지 않았다.

죽도시장 2
– 기나긴 문자메시지

아버지, 겨울바람이 찹니다. 어떻게 지내시는지요. 간다
간다 하면서도 저 살기가 만만찮아 포항행 버스를 탄 지도
오랩니다. 어떻게든 이혼은 피해 보려 했으나 민숙이 아비
하는 꼴을 더 이상은 참고 보기 힘들어요. 그러다간 내가
제명에 못 갈 것 같아서. 낮밤 가리지 않는 술이야 답답하니
그러려니 한다 해도, 걸핏하면 부엌칼 휘두르고 딸년 학비까
지 손을 대는 이 짐승을 어째야 할지요. 다 전생에 지은
내 죄 탓입니다. 아버지, 말 꺼내기가 두렵고 미안해요.
압니다. 시장 쓰레기 치우며 엄마 없이 두 딸 키운 아버지
고생을. 요새는 새벽길 폐지까지 줍는다는 것도. 압니다.
다 압니다. 일생 용돈 한 번 준 적 없이 때마다 손 벌리는
내가 나쁜 년이에요. 아버지, 어떻게 이십만 원만 보내줄
수 없을까요? 설거지 다니는 기사식당 월급은 삼 주 후에나
나온다는데…… 아버지, 아버지, 아버지. 거기도 병든 해가
뜨고 시든 달이 지고 있나요.

대게잡이 선원 철구 씨

당 45세 철구 씨는 우즈베키스탄으로 간다
여기서 구하지 못한 아내 거기라고 쉬이 찾아질까

성질 마른 철구 씨, 고등학교 1학년 때
거들먹거리는 선배 둘의 코뼈를 내려 앉히고
머리통 쥐어박히며 아버지와 함께 대게잡이 배를 탔다
바닷바람은 매웠고 손등은 갈라 터졌다
그러나, 정직한 노동은 정직한 돈을 가져다주고

솜털 같은 턱밑 수염이 어느새 억세진 서른여덟
포항운하가 내려다뵈는 아파트의 주인이 됐다
영어로 제 이름을 쓰지 못하는 철구 씨
'세진 베르체'라 적힌 제 집의 스펠링도 뜻도 모른다

여자라곤 꼭지 돌게 술 마신 날 만난 포항 중앙대학 창녀
몇
강원도 철원 군대생활을 거치며 교접한 작부 몇이 전부
흑룡강성 목단강시에서 왔다는 구룡포다방 여자는 곰살

맞았다
　살 부비며 산다는 게 이런 거구나, 철구 씨 매일 웃었다
　조선족 취향으로 빚은 커다란 만두와 독한 고량주가 달았
다
　하루에도 열두 번씩 흑룡강성 물길을 발가벗겼다

　예기치 않은 겨울 태풍에 조업은 난항을 겪었다
　예정된 3박 4일을 하루 넘겨 아파트 현관문을 열었다
　손에는 목단강 여자가 좋아하는 매운 돼지찜을 들고
　없었다 아무도 아무것도 없었다
　홈플러스에서 산 싸구려 중국산 헤어드라이어까지 사라
졌다
　며칠을 주저앉아 제 잘못을 떠올리고자 했다
　그러나 없었다 아무것도 없었다
　통장과 도장 없이 잔고를 확인하려던 철구 씨
　은행 여직원은 위아래를 훑으며 경비원에게 눈짓을 보냈
다

다행이라면 다행이었다

여자가 명의를 바꾸자 졸라대던 '세진 베르체'를 지킨
것은

칠순 노모는 같이 울었고

팔순 아비는 돌아서 내처 줄담배를 피웠다

열일곱 그때 그랬듯 철구 씨 머리통을 쥐어박았다

그리곤, 우즈베키스탄행 왕복 비행기표를 내던졌다

홀로 중앙아시아 사막을 내려다보며 돌아오는 길

비행기 창은 왜 이리 좁디좁은 것이냐

공짜 위스키에 취한 철구 씨는 울컥 눈물을 쏟았다

폭풍에 흔들리는 30톤급 주먹만 한 배 위

백척간두 목숨 앞에서도 보인 적 없는 눈물이다.

천변 풍경

집이 없는 비둘기는 자정이 넘어도 냇가를 떠나지 못했다. 비둘기 닮은 아이들 서넛, 자식을 버린 아버지를 욕하며 싸구려 술에 취해가고. 주황빛 휘황한 가로등은 아무것도 밝히지 않았다. 위로가 사라진 세상, 가난한 연인은 서로를 연민하기엔 지나치게 야위었다. 그녀 무릎에 올린 그의 손은 이미 식어 차갑고. 무서운 속도로 내달리는 자전거는 무엇을 향해 가고 있나. 저토록 아픈 고성방가는 누구의 죄를 묻는 것인지. 잠이 사라진 여름밤, 오층 창가에 서서 쓸쓸한 바깥 지켜보는 나를 얼룩진 달이 내려다보고. 물소리마저 숨을 죽인다.

신림동 사람들

한강 건너 당산을 지나 신림동으로 간다. 원자력발전소가 가동을 멈췄다는 뉴스를 검색하면 찜통 속 열기. 끝없이 순환하는 지하철 2호선은 멈추는 방법을 잊었고. 형광등 빛에 찔린 눈알이 아플 때면 옆에 선 살찐 여자를 죽이고 싶었다. 지긋지긋한 수형의 나날이 끝나면 토성으로 가야할까. 신림동에선 죄 없는 사람이 더 아프다.

간헐적 공황장애와 조울증의 다른 이름 신림동. 누구도 대화의 상대를 찾지 않는다. 말수 적어진 계집애들은 침향목처럼 무거워져 살을 섞는 즐거움 따위 잊은 지 오래. 버글거리는 사내들이 만든 시끄러운 침묵에 포위된 신림동은 서울의 무인도다. 외떨어진 성채에는 이끼가 끼지 않고. 두려운건 홀로코스트만이 아니다.

신림동은 술 마시지 않고도 취하는 동네다. 삐걱대는 침대에 누워 시베리아 호랑이와 만난다. 이토록 아름다운 짐승이 지구 위에 3천 마리밖에 남지 않았다니. 아비 죽었을 때도 나오지 않던 눈물이 찔끔. 다시 생겨난다면 신림동

독신가구주가 아닌 아무르 강변 어슬렁대는 호랑이로 살고
싶다. 포수 총에 맞고도 제 울음만으로 산천을 떨게 하는.

노량진 사는 행복한 사내

강에서 바닷고기의 비린내가 온다

어둠 깔리는 수산시장이
생선의 배를 갈라 새끼의 배를 불리는
사내들 악머구리로 끓는다

보기에도 현란한 사시미칼 서슬 아래
펄떡이는 생명 내장 쏟으며 쓰러지지만
서른아홉 대머리 박씨에겐 죄가 없고
죄 없으니 은나라 주왕도 안 무섭다

허풍과 농지거리 섞어
서푼짜리 생 헐값 떨이에 거래하는
고무장화의 거친 사내들
파르르 떨어대는 넙치 아가미에선
'과르니에리 델 제수' 소리가 난다

그래, 오늘만 같다면

이번 달 딸아이 레슨비는 걱정 턴다

새까만 박씨 낯짝

전갱이 굵은 비늘이 빛난다.

돗돔을 기다린다

수영하는 아이를 삼킨다는 거대한 은빛 비늘
소문은 끈질기게 떠돌았다
누군가는 아름드리 참나무를 꺾어
해 지는 방파제 끝에서 오랫동안 서성이고

새까만 낯짝의 사내들이
닻을 올리고 먼바다로 떠날 무렵
선착장마다 만삭의 아내들이 흐느꼈다
길잡이굿의 징소리로도 돌아오지 못할 사람들

먼저 떠난 가거도의 노인은 낡은 액자 속에서
아직도 귀때기 파란 스무 살인데
부랴부랴 굵은 낚시를 건사하는
남편의 손놀림은 아내를 무시한 채 등을 돌렸다
주춤대던 아이의 울먹거림은 기어코 울음이 되고

허나, 공포와 마주 서지 않는 삶이란 여기 없으니
기어코 떨쳐야 할 두려움 너머로

보라, 저기 울컥대는 파도 위 날랜 달음질로
돗돔이 돌아온다.

4월, 그녀가 오면

해마다
모래가루 섞인 바람이 불면
몸살이 왔다
목 놓아 울지 못하고
꽃들의 망명지로 날아간
저물녘 새들

숨 가쁜 꽃봉오리
다투며 외투 벗는
나신의 봄은 왔는데
황사에 눈먼 제비는
휘황한 네온사인이 두렵다

거짓의 십자가만이
누런 하늘 찌르며 높아가는
치욕과 모멸의 들뜬 풍선 4월
그녀가 오면
환해질 세상 다사로운 바람

허나, 믿음은 화석이 되었으니
부활의 헛된 약속만이
여직 유효한 것인가.

초록빛 네온

절뚝이는 짐승 하나 지하도를 지난다
봄은 기다림을 거부했다
박제된 올빼미의 눈동자는 수정처럼 차갑고
사람이 아닌 겨울이 사는 집
누가 있어 세상을 울음 없이 견딜까

빈민가를 둘러싼 흉흉한 소문
소녀들의 어깨는 갈수록 야위어가고
곰보다 먼저 겨울잠에 드는 경찰들
북쪽에서 불어온 바람에 벽지마저 움츠러들면
초록빛 네온등 하나 터무니없이 휘황한데

없는 길을 찾아 떠돈 건 아닐지
부표 없는 오징어잡이 배의 막막함
지난한 세계를 먼저 살다간 이들의 혼일까
또 다른 생애를 비추는 흐릿한 초록 불빛
암전된 몸이 잠시 잠깐 환하다.

1996년 청송에서

네 번째 징역을 살러 간 아버지
청송으로 가는 시외버스는
오래된 틀니처럼 딱딱거렸다

삶은 계란과 소시지를 먹이고
차입금 이만 원 맡기며 나오는 길
무겁고 낡은 철문이 삐걱댔다

반기는 곳 없었기에 갈 곳은 천지였다
낯선 먼지 풀썩이는 농로 끝엔
소녀의 초경처럼 붉고 환한 사과밭

키 작은 나무는 삶 쪽으로 가지를 뻗고
향기에 끌려 철없는 낮잠에 들었는데
무에 서러운지 벌들이 소리 높여 울었다.

아무도 살아나갈 수 없다

1898년 대한제국 고종 35년
그는 모욕이 무엇인지 알지 못했
다
글도 읽지 못했
다
익기도 전 독을 깨 술을 마셨
다

투전판 개평을 뜯다 돌아온 새벽
넷째를 낳은 아내를 개처럼 팼
다
말리는 큰딸의 머리칼을 잘랐
다
아직 젖을 떼지 못한 셋째가 울었
다

개도 입을 앙다문 겨울
희멀건 죽사발이 허공을 날았

다
성마른 처남은 분을 참지 않았
다
서너 번 무딘 칼질에 방바닥이 붉었
다

태어난 죄
여드레를 끙끙대며 앓았
다
곧 죽을 사내도 잡혀간 남자도 미워할 수 없었
다.

한라산에서

눈보라보다 차가운 통곡으로
그 산의 겨울은 시작됐다
얼지 않는 새의 발바닥을 닮고 싶던 그날
까마귀도 울음을 멈추고

아버지가 오른 산으로
아들이 향한 날 누이는 돌아서 울었다
멀리 폭포마다 물줄기가 말랐다는
흉흉한 소문이 마을을 떠돌고

누구도 돌아오지 못한 제삿날
늙어버린 엄마는 부엌에서 말을 잃었다
산허리로 몰려드는 바람
대설주의보는 언제가 돼야 풀리나.

자본주의

하나뿐인 통장 잔고를 보면
막살고 싶어진다
아니 이건 거짓말이다

"많이도 아니니 딱 이십만 원만 보내다오."
"오빠, 아기 분윳값이 없어요."
"한 번만…… 월급이 넉 달째 밀려서 그런다."
"사람이면 네가 나한테 이럴 수 있냐?"

협박과 공갈, 읍소와 절교 선언에도
움켜쥔 급여 이체 통장을 들키지 않으려
측간에서 식은땀이나 흘리며
막산다고 허언이나 일삼는

내내 돈, 돈, 돈, 거리면서
짐짓 그렇지 않은 척
무산자의 행복을 연기한다.

1898년 무술년생 홍종백 씨에게 북조선은

그해 興宣이 쓰러졌고
쿠바에선 아바나 항구 폭발로 266명이 죽었다
지구 반대편 일에 관해 알 수도 없었지만, 알았다 한들

경상우도 부농 철없는 막내아들이었다
깨어질까 무서워 울음 전에 유모가 大羹부터 끓여 바치던
열일곱에 시모노세키행 연락선에 올랐으나

멀리 필리핀에선 미군 함포에 스페인 머스킷이 박살 나고
그러거나 말거나 게이샤가 따라주는 사케는 달았다
첫아들을 낳은 열여덟 아내는 울지 않는 날이 드물었으니

昭和19년 칭얼대는 아들 넷 거느리고 귀국선에 올랐다
내가 누군데 어디선들 천대받으랴, 南陽하고도 洪家다
피붙이에게조차 쪽쪽 빨리고 나서야 소리 내지 못하고
울음

庚寅年 여름 난리가 터졌을 때도 紅塵長醉

무서워 사시나무 된 아내를 달랬다 한다
울지 마라 걱정 마라, 남이건 북이건 다 조선 사람이다.

1915년 을묘년생 이수덕 씨에게 북조선은

大正 4년, 全州 李家 버려진 왕족의 잊힌 딸이었다
甲午年 마지막 科擧마저 쓴잔을 마신 아비
가거라, 당상관 大提學을 낸 집안이란다 가거라, 가거라

열세 살 몸종 데리고 가마에 올랐다, 저도 겨우 열일곱
문경새재 너머 서른넷 평생 모실 지아비가 있다고
밤새 울어대던 엄마의 삐걱대는 무릎은 어찌할까

關釜連絡船을 타잔다, 왜놈 말은 한마디도 못 하는데
그러나 어쩔까 나는 그의 여자, 네네 그리고 또 네네
게다 신은 사내들의 올망졸망이 잔망스럽고

오늘도 돌아오지 않는다 어제도 오지 않았다 내일도 그렇
겠지
헌데, 어째서 품어줄 때마다 아기가 들어서는 것일까
겨우 열여덟 살 차이 나는 장남을 안고 잠들기를 수백
일

조선으로 돌아와도 고향은 먼 곳, 셋째는 안고 막내는
업었다

스물아홉, 전쟁이 무서워 징징대는 둘째를 달래며

울지 마라 걱정 마라, 남이건 북이건 다 조선 사람이다.

1941년생 그 사내
– 시인 조태일 헌정 문집 발간에 부쳐

햇살이 눈알을 찔러오는 염천
곤鯤*보다 큰 뱀 한 마리
무등을 넘어 원달리 동리산으로 긴다

거기 태안사가 있다 했던가
온몸 꿈틀댄 뱃가죽엔 지울 수 없는 생채기
피 흘린 '국토'마다 검붉은 꽃이 피고

발 가졌음에도 발 없이 가는 길
흔적은 흔적으로 세월을 이기는 것
사는 내내 구두 한 켤레 욕심 없었으니

'산속에서 꽃 속에서' 더러는 '가거도'에서
시인과 자유 노래한 그는
1941년생 뱀띠 사내였다

* 『장자莊子』에 등장하는, 세상 바다 전체를 덮을 만큼 거대한 물고기.

제2부

출생의 비밀

자두나무 아래서

탕진에만 익숙했던 아버지
첫아이를 가진 엄마는 툭하면 하혈을 했다
구포시장 좌판 위 빨간 자두 하나만 먹었으면
15원어치 마른국수를 사오며 입맛을 다셨다
이럴 거면 뭐 하러 나를 데려왔나요
뜨거운 김치국수 사발이 벌겋게 뒤집어지고
서러워 떠나온 하늘 바라보는 스물셋 여자
멈춘 생리 대신 동쪽에서 솟은 하현달이 붉었다.

출생의 비밀

    범선으로 요하네스버그를 떠나 마다가스카르에 도착한 아버지는 목덜미에 나비를 문신한 인도계 아프리카인. 파타고니아에서 태어나 해변으로 밀려온 혹등고래를 치료해준 엄마는 마드리드 뱃사람과 아르헨티나 원주민의 피가 섞인 붉은 얼굴의 메스티소였다.

    바나나를 따서 남태평양 폴리네시아 군도를 오가던 아버지는 초록빛 빙산을 타고 보라보라섬 사촌언니를 찾아온 엄마를 에메랄드빛 산호초가 꺼이꺼이 우는 타히티 북부 갈대숲에서 만났다. 1871년 여름이었다.

    엄마는 망고스틴 여섯 개를 건네는 아버지의 흙 묻은 손바닥을 얼굴로 가져가 달콤하게 핥았다. 둘이 몸을 섞은 얕은 바다에선 일만 년에 한 번 꽃을 피운다는 맹그로브 사이로 뜨거운 바람이 웅얼거렸다. 원주민들은 뜨지 않는 달을 기다렸다.

    여섯 달 후. 아버지는 이슬람 양식으로 조각된 여신상을 실은 목선을 타고 바그다드로 떠났다. 움직이는 섬에 오른 엄마 역시 북서쪽으로 흘러갔다. 외눈박이 숙부가 야자유 일곱 병을 들고 나와 배웅했다. 동아시아 낯선 항구에 도착한 엄마는 백 년 후 사내아이를 낳았다. 나는 1971년 부산에서 첫울음을 터뜨렸다.

전생

먼지라고 했다
아니, 저건 먼저 떠난 사람들의 눈물이야
사막이라고 했다
천만에, 길을 잃은 자들의 당혹일 걸

갈릴레오 갈릴레이는 내 별의 고리를 보았다
아버지가 보낸 추기경들이 진노했다
비밀을 발설한 자는 손톱이 뽑혔다

삼십 년에 한 번씩 돌아오는 생일
할머니의 쪽진 머리칼은 더디게 색을 잃어갔다
육만 마리 낙타의 주인인 그녀의 아들
마흔여섯 총독들은 달마다 조공을 바쳤다

목소리 굵은 이웃 별 사신이 오던 날
먼지 속에 떠 있던 헤픈 여자들이 웃었다
망측하게도 일처다부가 보편인 별

아버지는 엄마라는 호칭을 경멸했다
할머니는 아들만을 사랑한다고 했다
둘의 다툼 앞에서 나는 오줌을 지렸다
깨어나지 못할 토성에서의 꿈.

내력

눈을 부릅뜬 어린 짐승이 떠올랐다
아무도 깊이를 알지 못하는 물속
처녀의 교성 닮은 울림은 윙윙거리고

걸핏하면 부지깽이 휘두르는 계모 탓에
스물이 넘도록 어깨 움츠려 살던 여자
치자꽃 날리는 바람에도 흠칫 놀라더니

푸른 숲으로 비산하며 날름대는 햇살
저물녘 우물물은 섣달 북풍인 양 차가운데
무당은 알몸으로 죄 많은 몸 열을 식히고

멍든 허벅지 제 손으로 문지르며
눈물 없이 울던 여자는 남편과 몌별하고
무당집 아니, 우물로 숨어들었다던가.

불혹

길 위에서 길을 찾다 길에 눕는다
메마른 얼굴을 쓰다듬는 유년의 바람
해서, 내내 낯선 길만이 매혹적이었다

열아홉, 스트리퍼의 젖꼭지를 본 날
우주는 더 이상 내밀하지 않았고
슬픈 세상사와 상관없이
바다는 살인자의 눈동자처럼 푸르렀다

지문이 기억하는 아득한 전생이 있어
근친상간을 꿈꾸며 살아온 사십 년
누구에게도 발설치 못한 아득한 진실
하늘은 이미 나를 용서했다.

살구나무를 심고 싶었다

엄마는 아픈데
나는 살구나무를 심고 싶었다

생채기, 맨살 아래로
깊어져 갔다.

통영에서 울다

– 숙부 몰歿

설운 삯일꾼 되려 오르던 서울 길
그 길 되짚어 숙부의 죽음 만나러 간다
십 년 타관 객짓밥에
위와 간이 일찌감치 작살난 서른넷

애옥살이 숙부 살림 지켜본
통영 바다는 늙지도 않고
젖멍울 아픈 여고생 희롱하던
열여덟 벌건 호기만
세월 앞에 혀를 빼물었는데

한 점 먼지, 혹은 한 조각 바람 되어
제 온 곳으로 돌아가는
그날, 숙부의 죽음은 아프지 않았고
살아내야 할 내 나날들만이 통곡했다.

망자의 명함

먹은 귀로 걸어가는 어두운 골목
한때 휘황하게 생을 밝히던 네온사인 모두 꺼지고
어둑한 길의 끝머리에 선 낯선 사내
손짓해 그를 불렀다
두려움보다 반가움이 먼저 왔다

사라진다는 것이 마냥 쓸쓸한 일이기만 할까
제 몫의 즐거움만큼이나 버거웠던 고난의 무게
물먹은 솜을 짊어진 당나귀의 그것마냥 힘겨웠다
춤추며 노래하는 장미의 나날들이 저 너머에 있다면
어찌 예수의 부활만 아름다울 것인가

노래가 아무것도 될 수 없는 지상에서
노래가 모든 것이 되는 천상으로

그는 떠나갔다. 총총한 걸음으로
소리 높여 콧노래 부르며 사라진 일흔둘의 여윈 사내
흔들리고 때론 술렁였던 생애

망자가 지상에 머문 흔적을
명함 한 장만이 또렷이 증언한다.

1982년, 열두 살 유정에게

기억은 그믐밤 회랑 같은 것이라
헛디뎌 계단을 구르는 경우가 흔했다
삼십이 년 전, 어둠에서 비를 맞고 섰던 게
너였는지 혹은, 나였는지
제 두려움에 떨던 우리 안 두억시니였는지
그날 그랬듯 지금도 알 수 없지만
실핏줄 내비치던 네 파리한 뺨을 꿈꾼 날이면
아열대의 스콜 속을 걷는 양 끼쳐오는 열기
용기보다 변명을 먼저 배운 건 가난 탓이고
코흘리개 어린 주먹도 거짓말은 싫었지만
어떤 어른도 아이를 안아주지 않던 시절
억지 굴신을 가르친 군인들에게선
박하 향 로션으론 가릴 수 없는 죽음의 냄새
비굴하게 웃던 난쟁이 선생 모진 매질 견디며
꺾인 무릎으로 표류하듯 살았는데
허나, 너를 떠올릴 때만은
터무니없는 동화처럼 눈부신 초여름 빗줄기
새빨간 양귀비꽃처럼 터지던 웃음

매혹에 중독돼 다시금 견뎌야 할 세상

마흔넷이 돼서야 온전히 살아낸 열두 살.

아버지의 죽음에선 박하 향기가 났다

도둑담배를 피우러 간 병원 계단
실연한 동료를 안아주던 간호사와 눈이 마주쳤다
아버지는 여섯 달째 입원 중
녹슨 목련이 오래도록 나무를 붙들던
그해 봄은 지나치게 길었고

마약성 진통제로 견디는 노인
키가 큰 레지던트의 짧은 치마는 벚꽃 빛깔이다
아버지는 여섯 달째 입원 중
모래 섞인 바람이 창을 두드리면
흐린 눈망울이 여자의 다리를 훑고

백 년 같은 하루가 끝나가는 저물녘
녹두죽을 끓여온 엄마가 소변 주머니를 비운다
아버지는 여섯 달째 입원 중
손을 잡고 무슨 말인가를 하려면
모진 힘으로 뿌리치며 자꾸만 돌아눕고

샤워도 양치질도 잊은 지 오래
행여 숨이 끊겼을까 다가가 호흡을 확인한다
아버지는 여섯 달째 입원 중
다른 세상에서 묻혀온 냄새인 듯
머리칼과 목덜미에선 박하 향이 났고.

고등학교 졸업앨범을 보다

부를 이름이 줄어든다는 건 사라질 준비다

형도,
남서부 도시의 밤을 장악한 열아홉 어린 깡패
상대 조직의 칼에 찔려 스물이 되지 못했다
문석,
졸업식도 빼먹은 채 상경한 사법고시 준비생
여덟 번의 쓴잔 마시고 느티나무에 목을 맸다
영철,
여자 넷 사이를 오가면서도 들키지 않던 카사노바
두 살 아기가 죽자 아내는 감잣국에 청산가리를 탔다
명호,
끝끝내 시인이고자 했던 해사한 문학소년
자본가 장부 정리하며 살더니 편지 한 통 없이 실종

1989년 낄낄대며 철없이 웃던 흑백사진 속 아이들
호명에도 대답이 없다.

알 수 없는 일

차가운 대리석에 벗은 몸을 대면
지난 세월이 뚜렷해진다
절지동물로 기어온.

취하면 잘 울던 후배 하나가
하루 열여덟 번 내의를 적시다 죽었다
먹지 않고 배설한 반어.

개는 왜 혀를 내밀고 뛰는지
어째서 소는 제 등의 파리를 쫓지 못하는지
인간은 아메바와 어떻게 다른지.

절로 찾아온 겨울의 들머리
날것의 생선은 물론 술까지 맛있어진다
대체 왜 그런지 누구도 알 수 없다.

1944년, 아버지가 울었다
– 일본 나고야에서

히로히토와 도조 히데키가 내 삶에 끼어들지 몰랐다
그러나 언제나 생은 예측을 배반하는 법

파인애플 통조림과 미국산 드롭스를 먹었다 한다
1944년 오키나와에 살던 큰아버지는
마당 넓은 집에 독일산 셰퍼드를 키우던 할아버지
열일곱 살이 어린 여자와 살며 거드름
누가 뭐래도 명백한 친일이었다
평생 일본에서 떵떵거릴 줄 알았겠지

후두둑, 아열대의 스콜처럼 폭탄이 떨어졌다
슈리성이 박살 나고 만좌모万座毛 바다는 붉어졌다
미국 군대는 갈래머리 여중생까지 능욕했다
갓 태어난 고모의 치켜뜬 눈이 달처럼 동그랬다
할아버지는 어디론가 자꾸 전화를 걸었다

허겁지겁 싼 남부여대의 보따리
지겹고 지겨워서 떠나온 조선으로 돌아가는 길

배는 좁았고 살고자 허둥대는 치들은 넘쳐났다
세 살배기 내 아버지가 시끄럽게 울어댔다
할머니는 셋째아들의 주둥이를 틀어막았다
부산으로 가는 바닷길은 아득 또 아득했다

그렇게 돌아온 조선
되짚어 일본으로 돌아간 건 손자였다
자그마치 60년 세월
오키나와 국제거리로 명명된 번화가엔
팔순 할미를 욕보인 미군들이 득실댔다
허나 누구도 감히 욕하지 못했다
밤이 깊으면 모두가 독한 보리소주 아와모리에 취했다

히로히토와 도조 히데키가 내 삶에 끼어들지 몰랐다
2차대전은 조선으로 돌아와 피 토하고 죽은 할아비
  회갑 넘겨서도 소니 워크맨 설명서를 일어로 읽어내던
큰아버지
  일본을 제 조국으로 여기다 조선에 묻힌 아버지

그들만 망친 게 아니다
나도 망쳤다

옥쇄玉碎

황군 4천 명은 네이비 언더그라운드 파크에서 같은 날
죽었다
장교는 할복, 사병은 제 머리에 총을 쐈다
내 아버지도 거기서 죽었어야 했다.

제3부

길 위의 방

길 위의 방

소진한 기력으론 신(神)을 만나지 못한다
황무지에 달이 뜨면
갸르릉 도둑고양이 울고
집 나간 누이는 오늘도 돌아오지 않았다
식은 밥상에 마주 앉은 데드마스크들
시간은 석고처럼 창백하게 굳고
조롱의 숟가락질, 싸늘한 만찬이 끝나면
표정 없이 젖은 침대에 드는 사람들

어쨌거나 창 너머 달은 또 뜨는데
째각대는 시계 소리에 맞춰 계단을 올라
어둡고 축축한 방, 문을 열면
나신의 엄마
그녀로부터 시작하는 하얀 비포장길
꿈에서도 달맞이꽃은 흐드러졌는데
길을 잃은 자, 길 위에는 방이 없다.

눈이 내렸다

　1989년. 그 도시 대부분의 남학생들이 함께 자고 싶어
하던 여고생 K. 무슨 일인지 둘이서 취하도록 술을 마셨다.
끝내는 오바이트까지 갔던 질펀한 주석. 그 시절 청춘들은
죽거나 미칠 때까지 폭음하는 걸 자랑스러워했다. 쿨렁이는
등을 두드리고 손수건으로 입을 닦아줬다. 며칠 후 가져간
손수건을 돌려주며 K가 말했다. "이거 빨면서 오빠 생각했어
요." 그래서, 뭘 어쩌란 거냐. 그날 K와 잤던가? 기억이
나지 않는다. 다만, 이것 하나. 입술만 붉게 바른 그녀의
흰 뺨 위로 싸락눈이 떨어졌다.

　1994년. 인적 드문 전라도 국도 위로 쏟아지던 폭설. S는
큰 가슴을 부끄러워했다. 신발 벗어 손에 쥐고 얼어붙은
아스팔트를 맨발로 걷자는 치기. 입맞춤을 끝내면 얼음기둥
으로 변할 것만 같았던 밤. 스물셋의 나는 스물둘의 S를
엄마라고 불렀던가. 정염도 없으면서 끊임없이 엉겨 붙고만
싶었다. 지나온 모든 날들이 애틋할 리야 있을까. 하지만,
여인숙 창문을 두드리던 폭설을 떠올리면 언제나 오늘보단
어제가 사무치고.

2013년. 복잡한 출근길. 지하철역 벤치에 앉아 하염없이 우는 여자를 봤다. 누가 보건 말건 범람하는 눈물. 텅 빈 차가운 방에서 어쩔 줄 몰라 하는 내 유년이 동시에 보였다. 어깨가 드러난 검은 원피스를 벗겨내고 그녀의 맨살을 안고 싶다고 생각한 순간, 거짓말처럼 첫눈이 내렸다.

스위치를 올려줘

견디는 생이 지겹다
턴 오프
한 소식 들은 승려의 돈오돈수처럼
나도 뉘도 모르는 사이
심장을 데우던 불이 꺼졌다
이제 발가벗은 여자 앞에서도
반응하지 않는다
뛰지 않는다
피의 순환 속도를 빨리하지 않는다

정열의 스위치는 꺼졌는데
미약한 펌프질은 남았으니
불행은 이미 현재진행형
미래는 동요처럼 명확하다
혼해 빠진 프랑스 여자의 누드
감동 없는 발기의 나날
분홍빛 복숭아 닮은 엉덩이 들어 올려
누가,

스위치를 올려다오.

우주를 만진다

자정 넘긴 지하 술집
스물둘 생일을 맞았다는
여급의 조그만 젖꼭지를 만지작거린다

태초의 혼돈이 이처럼 말랑말랑할까
닳은 지문 아래 깨어나는 옛날
검지와 엄지가 우주를 기억해냈다

알려주지 않은 것을 알아버린 죄
젖꼭지 혹은, 우주 앞에 허물어지고
멀리 있는 것들만 쥐기 없이도 행복하다

말캉거리며 피어나는 꽃들
꽃판에 그려진 적두색 유채화가
해독불가 우주의 비밀스러움과 닮았다

소유할 수 없는 이름 탓에 떠돈 생
기억되는 사건은 왜 남루할 뿐인지

다시 젖꼭지를 비틀며 우주를 만진다

되돌릴 수 있다면
돌이킬 수 있는 건 아무것도 없다
지도 없이 오래도록 멀리 떠돌았다

젖꼭지가 흐느낀다
우주가 운다
만질수록 비밀스러워지는 것들이 흐느껴 운다.

혈통

고등학교를 졸업한 이듬해
동생이 열여덟 여자를 데려왔다
여자애를 둘러싼 살벌한 싸움 끝
덩치 크고 주먹 매운 동생은
늙은 경사와 어린 순경의 코뼈를 부러뜨려놓았다
기어코 결혼하겠다는 말에
맥을 놓은 엄마가 울었고
돌아앉아 담배 연기만 뿜어대는 아버지를 대신해
동생의 뺨을 쳤다
코피가 흐를 때까지
자기 연인을 때리는 날 올려다보며
짧은 치맛단 쥔 손끝을 떨던
일찍 철든 소녀

그로부터 십삼 년
용산에서 동갑내기 여자 하나 만났다
열일곱에 집 나와 눈물 묻은 푼돈으로
허름한 카페 주인이 된 서른다섯

웃음이 미지근했다
그녀 집을 자기 집처럼 드나들던 내게
민물새우와 무를 두고 끓인 해장국을 먹이고
엎드려 책 읽는 내 등이 좋다던 여자
그녀가 함께 살자고 청한 다음 날 도망을 쳤다

새벽마다 울리던 전화벨
받지 않아도 눈물바람의 목소리가 들렸다
기어코 동생에게 전화를 건 나는
내 뺨을 쳐다오, 내 뺨을 쳐다오
짧은 치마를 입지 않는 여자와 결혼해
두 딸의 아버지가 된 동생은
영문을 몰라 말이 없고
모두가 혈통 탓이다.

누이 하나 가지고 싶었다

어깨 둥글고
턱선 고운
누이 하나 가지고 싶었다

멀건 멸칫국물 국수 보면
제 허기보다
버짐 핀 사내 동생 먼저 떠올리는
물 낡은 나일론 치마
단발머리 계집

야물고 새침한 눈매
앙다문 빨간 입술로
읍내 건달 휘파람 잠재우던
서슬 푸른 치마,
바로 그 치마 걷어 올려
김 오르는 가래떡 같은 종아리로
동짓달 찬 내 건너며
업힌 코흘리개 달래는

나눗셈 서툰 열일곱

파락호 아버지 술주정에
열두 살 많은 새어머니 박대,
노망 난 조모 요강 수발에도
달랑대는 막내 고추만 보면 웃었으나
지난겨울 초경 속곳 빨면서는
기어이 흑흑대던

어깨 둥글고
턱선 고운
누이 하나 가지고 싶었다.

벨벳 드레스를 입은 여자

하이힐이 또각이며 공명했다
그녀가 올 시간이다

숱 많은 머리칼은 소나기에 젖고
덧바른 마스카라가 그늘을 만들었다

가느다란 팔다리와 불협화음
잘 익은 자몽처럼 가슴이 흔들렸다

어째서 황금빛 염색을 한 걸까
훔쳐본 가방엔 미니애폴리스행 항공권

묻지 않으니 답하지 않는 시간
새벽은 언제나처럼 빨리 왔다

끌리는 보라색 벨벳 드레스 자락
오른쪽 엄지발가락이 왼편으로 휜 여자

거기는 춥다고 하는데

모조 여우 털목도리를 선물해야 할까.

삭朔

노송 뒤로
늙은 달 뜬다
열일곱 동정 가져간
그녀
서른아홉 늙다리 창녀였다.

저 좁은 창으로 새어 나오는 불빛은……

슬리퍼 신고 동네 통닭집에 앉은 사내
지저분한 수염에 기름 묻히며
날개 뼈를 씹고 오독오독 빠득빠득
경멸의 눈길로 돌아보는 젊은 연인 한 쌍
허술한 삶은 습해서 막막하게 어둡다

먼지 낀 가게 창 너머 열두 평 빌라
희미한 백열등 불빛이 조그만 창을 넘고
마침내 터무니없는 희망 넘실넘실 출렁출렁
견뎌온 세월 돌아보면 절로 고이는 눈물
옹색한 저 집엔 누가 살고 있을까

꿈은 멀고 청춘은 흔적 없이 사라져
마주 앉을 술친구 하나 없는데
슬픔만이 살아남아 글썽글썽 울렁울렁
단 한 번 입맞춤에 전 생애를 걸던 사내
낯설고도 낯익은 그는 누구였을까.

타클라마칸 혹은 서울

취한 눈에겐 세상이 오렌지빛
거울을 올려다보면 언제나처럼 내가 낯설다
집 밖에서 만난 가족에게 품은 살의
생은 분홍 리본 묶인 선물상자일까
타클라마칸의 양들은 끔찍한 기억 속을 산다

열정이 부재한 시처럼 구차한 육체
손목이 가는 여자에게선 식은밥 냄새가 나고
모래 섞인 바람이 지배한 사막
길 위에서 길을 찾다 길에 누우면
이미 나를 용서한 하늘엔 거짓말 닮은 별이 총총

낙타의 눈에 깃든 막막한 암흑
서울에는 오아시스가 없다
가난하고 짧은 사랑 서너 번이 이울면
이윽고 황혼으로 치닫는 생
돌이킬 수 없는 그 밤들 사이로
전생의 아내들이 울음도 없이 걸어온다.

제4부

울란바토르, 겨울

라틴의 피

포르투갈 해변의 아이들은
절렁거리는 은빛 동전을 모은다
엄마 닮은 창녀를 찾아가
성기를 보자고 보채기 위해서다

스페인 내륙의 소년들은
악어가죽 아버지 지갑을 훔쳐
새침한 소녀 웃음을 부를
모조보석 반지 열두 개를 산다

대서양을 건넌다
잘생긴 아르헨티나는 왜 가난할까
빨간 얼굴에 이종된 검은 곱슬머리
모든 혼혈이 아름다웠으면

옮겨 심은 씨앗이 토착종을 말려 죽이는 역설
볼리비아엔 순혈 스트리퍼가 없다

태평양 한가운데로 간다

"Are you Spanish?"

필리핀 홍등가의 가장 큰 찬사

세부의 추장이 아닌 에스파냐 왕을 심기던

마젤란의 발자국 오늘도 선명하다

망해도 울지 않는,

파산을 자랑하는 해괴하고 뜨거운 피

라틴은 여전히 지구의 지배자다.

겨울, 해삼위海蔘威*

    소년 이태준이 아비 찾아갔다는 변경행 배는 흥청거렸다. 이탈리아 웨이트리스들이 한국 사내가 마실 포도주를 바쁘게 날랐다. 새벽 무렵엔 갑판에 토사물이 흥건했고, 중국 인부는 코를 싸쥐며 찌푸렸다. 창문 없는 크루즈 삼등 객실에선 신음소리가 요란했다.

    해는 중천인데 블라디보스토크의 온도계가 영하 25도를 가리켰다. 하선한 이들은 아버지보다 먼저 독한 보드카를 찾았고. 금발을 날리며 행진하는 건 러시아 군대가 아닌 혼혈의 시베리아 여자들. 누군가 눈이 부셔 어지럽다고 호소했다. 모스크바로 가는 기차는 아직 출발하지 않았다.

    황제가 통치하던 시절 요새와 스탈린 시대 청동 조각상이 곁눈질하는 늙고 낡은 도시. 아침부터 밀려온 안개는 물러날 기미가 없고, 동그란 눈의 아이 하나가 무거운 나무 문짝을 아까부터 밀고 있다. 젊은 엄마 손잡고 해삼위에 간 어린 이태준은 아직 블라디보스토크에 산다.

*해삼위海蔘威는 러시아 블라디보스토크

울란바토르, 겨울

영하 40도의 거리
들숨 속으로 얼음조각이 딸려왔다
무연탄 난방의 낡은 호텔
이방의 사내도 쿠빌라이가 되고 싶다
말처럼 단단하고 실한 허리
완벽하게 둥근 엉덩이를 가진
울란바토르 여자와 밤을 보낸다
모든 신음은 거짓이다

토해지는 날숨처럼 대책 없는 초원
풀이 베어진 자리에 도시가 들어선다
러시아의 피가 섞여서일까
도심에 붉은 등이 걸리면
스무 살 처녀들은 웃음이 헤퍼지고
말을 잃어버린 사내들은
그녀를 채찍질해 국경을 서성이지만
패배자의 깃발 같은 하얀 입김뿐

길들여져 고분고분한 야생마
정복자는 정복하는 방식을 잊었다
어지럼증에 휘청대며 늙어버린 땅
올 굵은 실에 육포처럼 매달린 적장의 코와 귀
사람들 입에서 입으로만 떠도는 전설
그것들 모두가 부활의 약속인 양 아프고
위성항법장치로는 황제의 무덤을 찾을 수 없다.

방비엔, 여름

　가난과 웃음, 그 불협화음을 철 지난 훈장으로 주렁주렁 달고 사는 나라 라오스. 메콩강 지류가 잠시 잠깐 머무는 작은 마을 방비엔 스물두 살 키 작은 청년이 산다. 한 달을 일하면 25달러를 받는다. 오후 5시부터 다음날 새벽까지 취객의 오만가지 주정을 받아내면서도 뭐가 좋은지 키들키들. 녀석, 누가 라오스 사람 아니랄까봐.

　열아홉, 아직 소녀인 그의 아내는 같은 술집에서 월 20달러를 받고 일한다. 한 달 내내 자기 키보다 높은 테이블에 붙어 서서 스웨덴과 네덜란드, 미국과 캐나다에서 온 또래 애들의 술병과 술잔을 나른다. 인근 시장 좌판에 내걸린 중국산 청바지를 생일선물로 받은 날, 울었단다. 그 얘기를 전하면서도 어린 남편은 시종 깔깔거렸다.

　그들과 양귀비꽃 흐드러진 골짜기로 소풍을 다녀온 날 밤. 잠복했던 연민의 도화선이 뜨거워졌고, 새파란 불꽃이 넘실대는 보드카 여덟 잔을 호기롭게 들이켰다. 술이 아닌 불을 마셨다. 자정이 되기 전 정신을 놓아버린 날 부축해

호텔방에 눕힌 건 그 부부였다고 한다. 멈췄던 기억의 회로가 겨우겨우 작동의 스위치를 켠 아침. 450달러가 든 지갑만이 아니었다. 여권과 비행기 티켓, 주머니 속 동전 하나 없어지지 않았다는 걸 확인한 후 놀라움보다 먼저 찾아온 슬픔에 목구멍에서 휘발유 냄새가 났다.

방비엔을 떠나던 날. 얼기설기 나무로 지붕을 덧댄 터미널에선 싫다는 그들의 손에 억지로 45달러를 쥐어주기 위한 승강이가 벌어졌다. 그 돈은 부부의 한 달 수입이었고, 옆 나라 태국의 하룻밤 화대였으며, 내가 사는 서울과 엄마가 사는 도시를 오가는 기차의 편도요금이기도 했다.

국경의 아이들은 맨발로 자란다
– 캄보디아 포이펫에서

아버지는 매일같이 취해 있었다
공장도 가게도 없는 국경의 오지
엄마는 밥을 구하는 게 전쟁이었다
먹기보다 굶기에 익숙해지며 자란 우리
오빠들은 열다섯이면 방콕으로 떠났다
몇몇은 칼을 휘두르는 건달이 됐다 하고
몇몇은 레스토랑에서 먹고 자는 웨이터로

앙코르와트로 가는 길이 뚫리며
마을에 전기가 들어왔다
휘황한 네온사인의 카지노가 들어서고
중국 부자들이 언니의 종아리를 힐끔거렸다
열한 살 내 친구들은 껌과 담배를 팔았다
아버지는 여전히 술을 마셨고
누구도 얼굴 검은 주정뱅이를 반기지 않았다

배수시설이 없는 거리는
쏟아지는 스콜을 받아들이지 못한다

때마다 물이 넘쳤고
그때마다 여섯 살 동생은 비를 맞으며 춤을 췄다
저 멀리 열두 시간을 비행기 타고 온 백인들
그들은 웃으며 1유로 동전을 던졌다

나와 동생은 일생 신발을 신어보지 못했다
미키마우스가 그려진 샌들을 사 온다던 오빠는
썩어가는 과일 냄새 지독한 거리에서 칼에 맞았고
그 소식 들은 날 엄마는 구걸을 나가지 않았다
국경에 사는 우리는 맨발로 자란다.

캄보디아 사는 조선 처녀에게

백. 광. 숙이라고 했다. 할아버지보다 숟가락 먼저 들지 않고, 결혼은 아버지가 정해주는 사내와 하겠단다. 다이아몬드 귀고리보다 초콜릿이 좋다는 조선민주주의인민공화국 스물셋 처녀를 만났다. 함흥도 신의주도 아닌 캄보디아 씨엠립에서.

크메르 왕의 사원 헤매려던 일정 팽개치고, 점심과 저녁 일주일 내내 그 처녀 보러 다녔다. 앙코르와트에 돈을새김 된 어떤 여신도 그녀만 못했다. 서늘한 눈동자엔 압록강 푸른 물이 흘렀고, 수줍은 웃음 매달린 입가로 붉디붉은 백두산 철쭉이 졌다가 폈다. 알은척이라도 해줄 때면 철없구나, 심장이 뛰고.

광숙 처녀, 이제 돌아가야지. 캄보디아 씨엠립 흙먼지 길과 시원스레 작별하고 엄마가 눈물 글썽이며 기다린다던 평양으로 가서 김일성종합대학 잘생긴 청년 만나 대동강변 거닐며 손목도 한 번 잡혀주고 스물셋답게 깔깔대며 당신의 시대를 살아야지.

오늘은 부칠 수 없는 편지 보낼 내일이 머지않은 듯하니, 결혼식엔 그대 어머니보다 다섯 살 적은 남한 아저씨도 초대해주시게. 선물론 초콜릿을 가져갈까? 다이아몬드 귀고리를 가져갈까? 아니, 함께 목메어 부를 통일 노래 한 소절이면 족하려나.

저 멀리, 해가 지는 쪽으로

– 마케도니아 오흐리드에서

아이의 손을 떠난 돌멩이는 돌아오지 않았다

해가 지는 쪽으로 가고 싶었다
슬로베니아로부터 아버지 소식이 끊긴 뒤부터였다
3단으로 변신하는 로봇보다
까칠한 수염의 아버지가 그리웠다

엄마는 해 질 무렵이면 호숫가를 서성였다
오스만투르크의 피가 섞인 아버지는 거칠었다
감히 누구도 엄마의 과거를 수군거리지 못했다
밤마다 부엌에서 소리 죽여 우는 사연은 뭘까

호수 저편에는 뭐가 있는지 궁금했다
알렉산더 영감님은 알바니아가 있다고 그랬다
아버지가 트럭 운전사로 일하는 곳은
거기서도 서북쪽으로 하루를 더 달려야 한다고

열두 살 아이를 가벼이 들어 올려 무등 태우던

구릿빛 억센 팔뚝의 사내가 떠오를 때마다
호수 저편 사라지는 태양을 향해 돌을 던졌다
휘파람 소리로 날아간 돌은 아버지에게 닿았을까

아이의 손을 떠난 돌멩이는 돌아오지 않았다
아버지도 돌아오지 않았다.

크메르, 보석보다 빛나는 돌의 나라
– 캄보디아 시엠립에서

아이들은 일 년 내내
맨발로 크메르의 역사를 밟고 다닌다
자야바르만과 수르야바르만을
발음하지 않더라도 빛나는 땅
강력한 왕조는
신과 어깨를 나란히 할 데바라자神王를 만들고
백만 마리 코끼리와 천만 신민神民의 믿음
돌을 쪼아 보석으로 빛나게 했다
앙코르와트, 지구 위 가장 아름다운 석조건물
누가 있다면 나서봐라, 이 말을 부정할 자
밥을 굶는 가난과
이백만 명을 학살한 이데올로기로도
궤멸시키지 못한 지난 세기의 광영
해자 너머로 떨어지는 태양은
지상에서 천상으로 건너가는 다리를 비추고
압사라 여신의 도드라진 젖꼭지
천 년 세월에 깎이고도 고혹 잃지 않았다

프놈 바켕과 앙코르 톰 그늘마다 들어찬 목소리
슬픔과 환희, 눈물과 웃음은 대극이 아님을
깨달은 자는 사원에서 진실을 읽고 간다
갈라진 돌 틈마다 들어찬 간절한 사연들
누구는 세상 무너지는 통곡을
다른 누구는 가장 빛나는 고백을
왕과 신의 거처에 남기고 돌아갔다
인종과 나이를 뛰어넘은 장엄이
서쪽 하늘 아래 석양으로 붉게 타오를 때
캄보디아가, 아니 아시아가, 아니 전 세계가
동시에 고개를 조아리는 숨 가쁜 풍경
크메르의 역사는 이미 몰락을 넘어섰다
고통과 피 흘림 속에서 마침내 완성된 신성^{神聖}
바닥을 구르는 자갈 하나까지 해탈에 이른 땅

눈부신 일출이 사원 꼭대기에 걸릴 때
현재와 미래가 감히 어쩌지 못할 과거는 존재를 드러내고
이끼마저 제 이름을 기억하지 못하는 세월

신성한 호수에 몸을 씻는 코끼리의 울음소리
역사가 반복되지 않는다는 건 행일까, 불행일까
영과 욕, 부침을 소리 없이 지켜봤을 거대한 나무들만
비 한 방울 내리지 않는 건기의 하늘을 지키고 섰다
끝나지 않을 부연으로도 해명되지 못할 비밀과 감탄
캄보디아 시엠립 정글 속 크메르의 사원들.
천 년 전 그러했듯 내일도 마찬가지일 것이다

앙코르와트,
인류가 끝끝내 가 닿지 못할 멀고 먼 피안_{彼岸}의 나라.

테베레강, 늑대와 만나다
– 이탈리아 로마에서

치렁치렁 휘황한 망토를 두른 외경의 교황은 가고
물혹투성이 병자의 얼굴에 입 맞추는 교황이 왔다
바티칸, 믿는 자만의 성소(聖所)에서
민중의 집으로 진화 중이니
프란치스코는 재림한 부활 예수
탯줄 묻힌 아르헨티나
그 이전에 체 게바라가 있었다
신이 아닌 인간을 믿는다라 고백한
아직은 알지 못한다
둘 중 누가 더 큰 사랑과 희생의 예수로 기억될지

캄피톨리오광장과 스페인계단을 채운 이방인들
베니토 무솔리니와 오드리 헵번
이탈리아를 암흑시대로 몰아간 퇴행의 파시즘
자전거를 탄 하얀 여배우의 입술에 묻은 젤라또
그러나 무슨 상관
여행이 아닌 관광(觀光)을 온 이들은
심각한 생각을 멈추고 바티칸의 비둘기와 논다

이민족 피와 눈물 위에 건설된 제국
뻗어나가길 멈추지 않던 영토는
인간 욕망의 한계 없음을 비명 속에 증명했고
불타는 도시를 보며 시를 읊던 미치광이를 만들었다
콘스탄티노플이냐 이스탄불이냐
두 제국 왕의 싸움에 문맹의 노예들만
대포 앞에 쓰러진 이름 모르는 풀잎이 되고

광포한 노인처럼 허물어진 콜로세움
검투사 잘린 팔다리에 흐르던 피인 양
붉디붉은 석양이 떨어진다
모두가 아픈데 아무도 상처를 찾지 못했다
20유로 싸구려 게스트하우스
삐걱거리는 낡은 침대에 누워
테베레강을 배회하는 늑대의 울음소리를 들었다
트레비분수에 동전을 던지고 싶지 않다.

소리가 되지 못한 노래
– 인디아 함피에서

제국은 제국을 배척했다
비자야나가르 왕조의 하누만
무슬림 영주의 혀를 자르고
모하메드를 욕보였다
일어선 무슬림연합국
복수는 가혹했다
힌두의 신들은 목이 잘렸고
개도 금덩이를 물고 다니던 도시는 폐허가 됐다

1,400년 전 왕들은
300마리 백마가 끄는 석조 마차를 탔다 한다
비탈라사원의 돌기둥에 귀를 대면
부침과 명멸을 거듭했던 함피의 비명이 들려
신성한 도시에선 술도 숨어 마셔야 한다
거대한 바위 위로 비산하는 햇살
눈은 부시고, 밤은 오지 않을 것 같아

제3제국을 경험한 할아비의 피 탓일까

스물한 살 독일 소녀는
낯선 동양인 사내에게 거침이 없다
일찍 죽은 제 오빠를 닮았다나
아리안의 피가 섞이지 않은 난
과장된 제스처로 웃을 수밖에 도리 없고

비루팍샤사원 거대한 첨탑 너머로
핏빛 태양이 떨어진다
덩치에 맞지 않게 잔재주로 푼돈 구걸하던
코끼리도 지쳐 제집으로 돌아가는
이국의 밤은 언제나 두렵거나 설레는 법
인도산 맥주는 이름조차 철학적이라 '물총새'다

게으른 사내들은
낯짝에 묻은 흙도 털어내지 않고
비밀스런 술집을 향하는데
제 사는 곳을 도읍으로 정했던
왕들의 이름은 이미 그들의 관심 바깥에 있다

그 밤, 독일 소녀는 사탕수수 럼에 취해
쓰러진 바람벽 위 빛나는 별을
당신이 노래해 달라 칭얼댔다

그 탓이었을 게다
제국의 폐허에서 갈증 참으며 잠든 밤
까무룩 추락하는 꿈을 꾸었다
당연한 이야기지만 비극의 재료만으론
어떤 노래도 소리가 되지 못했다.

신들만 알지 못한다

― 크로아티아 두브로브니크에서

눈이 시린 아드리아 물결 아래로
비극의 그림자가 검게 일렁였다
쪽빛 비키니의 소녀들은 꽃을 흔들고
사철 벌거벗은 듯 그을린 피부의 소년은
이방인에게 이름 모를 조개를 건네는데
석양이 지면 이상한 추위가 도시를 뒤덮었다

두브로브니크, 아드리아해의 보석
붉은 기와와 짝을 이룬 푸른 바다는
아름다움에 둔감한 이들마저 입 벌리게 만들고
누구나 행복해져 먼 나라 라틴의 춤을 추는데
민박집 아저씨는 밤마다 술추렴이다
"나는 아이들 여덟 명을 죽였다고."

멀지 않은 시간의 저편
영원히 화해하지 못할 서로 다른 종교가
정치와 인종 문제에 불을 붙였다
팔열지옥이 그들을 스쳐갔다

화염의 거리에서 어제의 이웃을 도륙한 이들
도그마는 자신의 행위에 면죄부를 줄 수 있을까

아름다움에 덮여 묻힌 듯 보인 내전의 생채기
그러나, 천만에다
아들을 제 손으로 묻고 견딜 수 없는 증오에
광기의 총을 들었으나
죽음으론 죽음을 덮을 수 없는 법
아들보다 제가 죽인 아이의 얼굴이 자주 떠올랐다

어두움 내린 언덕에서 내려다보면 안다
이 도시는 회복되지 않을 상처로 시퍼렇다는 걸
학살된 이웃의 피로 붉디붉다는 걸
아무것도 모른 척 살사를 추는 처녀와
네이비블루 빛 포말 일으키며 바다를 가르는 소년
그들도 안다
모르는 긴 그들이 섬기는 신뿐이다.

이 도시는 누구의 것인가

– 타일랜드 방콕에서

유럽과 아시아를 이어준 아름다운 다리라고 했다
그 예술적 표현을 반박하며
누군가는 테이블을 성난 주먹으로 내리쳤다
방콕은 그저 발정을 다독이는 매춘굴일 뿐이야

게을러도 좋을 태국인들은 24시간 일한다
'세븐 일레븐'은 발길을 옮길 때마다 신기루처럼 나타나
고
남부 코사멧과 북부 치앙콩에서 온 시골 소녀들
시간당 1달러를 받으며 하얗게 밤을 지샌다
떠오를 해를 기다리는 시간이 지나온 전 생애보다 길다

놀러 온 금발들에겐 방콕의 밤은 언제나 짧다
제 나라 콜라 한 잔 값으로 좌충우돌 진행될 흥정이 즐겁다
배낭은 무겁지만 삶이란 더없이 가벼운 것
일 년 내내 햇살의 세례를 받는 이곳은 천국이 아닐까
눅눅한 안개 속 자살이 익숙한 나라로 돌아갈 이유가
없고

발권된 귀국행 비행기표는 카오산로드 시궁창에 버려진다

꾸벅꾸벅 꺾이는 목을 겨우겨우 버텨내며 견디는 밤
이제는 가슴속 차오르던 물음도 버렸다
대체 당신들은 언제가 돼야 잠드는가
개당 2달러 액세서리는 오늘도 도통 팔리지가 않는다
아버지보다 아낀 라마 5세가 꿈꾼 나라는 이런 곳이었을까
동생은 오늘도 비키니를 입고 팟퐁에서 춤을 춘다
에어컨 냉기 탓에 기침을 친구처럼 달고 산 지 2년

이윽고 해 뜰 무렵 거짓말처럼 바람이 불었다
실려 사라질 게 뻔하지만 그 바람에 묻는다
그러나 누가 있어 답을 들려줄까
이 도시는, 이 나라는 대체 누구의 것인가
두리안의 냄새를 싫어하는 이들로부터 밥을 얻는 우리는,
우리는 누구인가.

폐허를 덮은 폐허
– 몬테네그로 코토르에서

1,500년 전과 꼭 같은 지진이 도시를 덮쳤다
소녀의 아버지는 이웃 소년을 구하다 기둥에 깔렸다
못 마시던 술을 마시기 시작한 것도 그 해였다

티토*의 별장은 유리창 하나까지 성한 게 없었다
절뚝이는 걸음으로 별장을 수리하던 아버지는 해고됐다
못 마시던 술은 더 늘었다

소녀와 엄마는 빈방을 걸레질해 여행객을 받았다
팔게 없었던 소녀는 몸을 팔기 위해 영어 공부를 시작했다
아버지는 더 이상 소녀를 쳐다보지 않았다

1,500년 전과 꼭 같은 지진이 도시를 덮쳤다
멀쩡한 건 마을을 둘러싼 산 위의 고성古城뿐
소녀도 어머니도 아버지도 무너졌다

두브로브니크발 코토르행 막차를 기다리는 소녀
서툰 영어로는 흥정이 쉽지 않고

엄마의 울음 곁으로 아버지의 술병이 뒹굴었다

폐허를 덮은 폐허
우리는 모두 폐허에서 왔다.

* 요시프 티토(Josip Broz Tito), 유고슬라비아 연방의 정치가. 크로아티아 공산당 지방위원
과 당 서기장을 지냈고 민족해방운동에 앞장서 인민해방군 총사령관과 해방전국위원
회 의장을 지냈다. 이후 몬테네그로를 포함한 유고슬라비아 연방의 초대 대통령이
됐다.

선로를 베고 잠드는 부랑자
– 불가리아 소피아에서

사회주의가 사라진 자리
아버지의 헛간은 낡아가고
섹스숍은 창궐한다
불가리아 거리에선 영어가 소용없다

서유럽이 내다 버린 기차는
소피아에서 베오그라드로 달리고
2등칸 스프링 빠져나온 좌석엔
나이를 알 수 없는 노파의 불안한 눈동자

건물마저 권위와 경직으로 꼿꼿한데
노면전차에 오른 이들의 손엔 승차권이 없다
지난 시대 제복이 더 이상 두렵지 않아서인가
죽음을 사는 부랑자들은 선로를 베고 잠들고

부르가스에서 온 시골내기들은
아직도 맥주와 요구르트를 섞어 마신다
그들을 힐끔거리는 세련된 소피아 사람들

허나, 그들 어깨도 한정 없이 늘어졌다

사회주의가 사라진 자리
어머니의 부엌은 온기를 잃었고
중년의 매춘부만이 득실댄다
불가리아는 꿈꾸는 방식을 잊었다.

천사, 영웅 그리고 호랑이

이병철(시인, 문학평론가)

"인간의 선함과 진실함을 그려야 한다"던 한 화가의 예술론을 더듬는 것으로 글을 열어야겠다. 홍성식의 시에서 나는 박수근이 그린 것과 같은 '진실함'을 보기 때문이다. 그의 시에는 오늘날 한국시가 잃어버린 고유명의 타자가 있고, 구체적 대상이 있고, 외부세계의 풍경이 있다. 그것들을 나는 진실의 다른 이름, '현실'이라고 부르고 싶다. 요즘 우리 시는 현실과 괴리되어 있지만, 홍성식은 일관되게 현실에 관심을 둔다. 현실 안에 진실이 있기 때문이다. 그는 이 세계에서 일어나는 폭력, 가난, 질병, 소외, 소멸 등 비극적 현실을 겪어내고 발화한다. 홍성식 시의 주체는 삶을 뜨겁게 끌어안은 체험자다. "예술가는 죽는 날까지 자신의 작품을 온몸으로 사는 것"이라고 한 '광부 화가' 황재형의 말을 빌리면, 홍성식은 자신의 시를 온몸으로 사는 시인이다. 독자로 하여금 현실을 생생히 감각하게 하는 그의 시는 이 세계를 핍진하게 그려낸 그림, 아니 그림보다 더 실감 나는 한 편의 로드무비다.

소설을 흔히 '길 위의 이야기'라고 한다. 발레리는 산문을 보행으로, 시를 춤으로 비유하면서 보행은 대상(메시지)으로의 도달이 목적이고, 춤은 그 행위 자체가 목적이라고 말했다. 그런네 홍성식의 시는 산문과 운문의 경계를 무화시킨다. "자연의 법칙을 정복하고 날아가려는 듯이 육신을 들어다 어둠 속에 유성처럼 던져 버리고 싶어 안달을 부리는" 조르바처럼 춤추면서 어디론가 가는 것이다. 그 불가능의 가능성은 소설처럼 펼쳐지는 시, 서정으로 압축되는 서사를 통해 완성된다. 홍성식은 2021년 오늘에서부터 1871년 여름까지, 포항 죽도시장에서 마다가스카르까지 시공을 넘나드는 광대한 서사를 시적 수축에 담아 이미지화하고, 소설적 이완을 통해 아포리즘이나 관념 대신 이야기가 지닌 감동을 극대화한다. 그렇게 그의 시는 걸으면서 춤추기, 순간에 머물면서 이동하기를 동시에 성취한다. 시와 소설, 서정과 서사가 하나로 결합할 때, 로드무비의 거친 질감 안에서 각각의 신scene과 시퀀스sequence에는 무늬와 주름마저 선명한 사람의 얼굴이, 또 "살인자의 눈동자처럼 푸르른" (「불혹」) 비애의 아름다움이 있다.

1. 다 사람이다

범선으로 요하네스버그를 떠나 마다가스카르에 도착한 아버지는 목덜미에 나비를 문신한 인도계 아프리카인. 파타고니아에서 태어나 해변으로 밀려온 혹등고래를 치료해준 엄마는 마드리드 뱃사람과 아르헨티나 원주민의 피가 섞인 붉은 얼굴의 메스티소였다.

바나나를 따서 남태평양 폴리네시아 군도를 오가던 아버지는 초록빛 빙산을 타고 보라보라섬 사촌언니를 찾아온 엄마를 에메랄드빛 산호초가 꺼이꺼이 우는 타히티 북부 갈대숲에서 만났다. 1871년 여름이었다.

엄마는 망고스틴 여섯 개를 건네는 아버지의 흙 묻은 손바닥을 얼굴로 가져가 달콤하게 핥았다. 둘이 몸을 섞은 얕은 바다에선 일만 년에 한 번 꽃을 피운다는 맹그로브 사이로 뜨거운 바람이 웅얼거렸다. 원주민들은 뜨지 않는 달을 기다렸다.

여섯 밀 후. 아버지는 이슬람 양식으로 조각된 여신상을 실은 목선을 타고 바그다드로 떠났다. 움직이는 섬에 오른 엄마 역시 북서쪽으로 흘러갔다. 외눈박이 숙부가 야자유 일곱 병을 들고 나와 배웅했다. 동아시아 낯선 항구에 도착한 엄마는 백 년 후 사내아이를 낳았다. 나는 1971년 부산에서 첫울음을 터뜨렸다.

— 「출생의 비밀」, 전문

이 시는 '소설처럼 펼쳐지는 시'의 전형이다. 1871년부터 1971년까지 마다가스카르와 파타고니아, 폴리네시아군도, 보라보라섬, 타히티, 바그다드, 부산으로 이어지는 광대한 시공간을 넘나들면서 시인은 자기 '출생의 비밀'을 고백한다. 그에 따르면 "아버지는 목덜미에 나비를 문신한 인도계 아프리카인"이고, "엄마는 마드리드 뱃사람과 아르헨티나 원주민의 피가 섞인 붉은 얼굴의 메소티소"다. 1871년 여름, "둘이 몸을 섞은 얕은 바다에선 일만 년에 한 번 꽃을 피운다는 맹그로브 사이로 뜨거운 바람이 웅얼거렸"고, 그로부터 백 년 후 시인은 "1971년 부산에서 첫울음을 터트렸"다. 마치 마르케스의 『백 년 동안의 고독』을 연상케 하는 이 백 년의 서사는 낯설고 황홀한 신화적 상상력을 통해 독자를 매혹시킨다.

시와 소설, 서정과 서사가 결합하며 현재와 과거, 팩트와 픽션 등 서로 이질적인 요소들을 통합하는 이 시는 우주의 구성 원리인 다중성과 다양성, 동시성을 환기시킨다. 이 세계에는 과거와 현재라는 아득한 시간의 격차를 두고 유사한 사건들이 발생하고, 서로 멀리 떨어진 공간에서 같은 일들이, 또 한 공간에서 동시에 다른 일들이 일어나기도 한다. 시집의 다른 시에서 시인은 "그해 興宣이 쓰러졌고 / 쿠바에선 아바나 항구 폭발로 266명이 죽었다 (…) 멀리 필리핀에선 미군 함포에 스페인 머스킷이 박살 나고 / 그러거나 말거나 게이샤가 따라주는 사케는 달았다"(「1898년 무술년생 홍종백 씨에게 북조선은」)고 기록한 바 있다.

모래처럼 흩어진 이질 세계들, 아득히 먼 시간과 공간, 인과가 잘 잡히지 않는 사건들을 한데 묶는 줄은 결국 '인간'이라는 동질성이다. 인도계 아프리카인 아버지, 유럽계 인디언 메스티소 어머니 사이에서 태어난 '나'는 여섯 줄기의 피가 섞인 복잡한 혼혈, 어디 시인뿐이겠는가? 우리는 모두 혼혈의 자식들이다. 인류는 서로 다른 인종과 혈통끼리 교류하며 새로운 문명을 창조해왔다. 현생인류의 기원을 유전학적으로 거슬러 올라가면 우리는 약 20만 년 전 아프리카 칼라하리에 살던 공통 조상과 만나게 되므로, 시인이 자기 출생의 비밀이 1871년 여름 타히티의 어느 해표림海漂林에서 이뤄진 혼혈인끼리의 정사에 있다고 주장하는 것은 결코 허풍이나 망상이 아니다.

"내게는, 저건 터키 놈, 저건 불가리아 놈, 이건 그리스

놈, 하던 시절이 있었습니다. 두목, 나는 당신이 들으면 머리카락이 쭈뼛할 짓도 조국을 위해서랍시고 태연하게 했습니다. 나는 사람의 멱도 따고 마을에 불도 지르고 강도짓도 하고 강간도 하고 일가족을 몰살하기도 했습니다. 왜요? 불가리아 놈, 아니면 터키 놈이기 때문이지요. (…) 요새 와서는 이 사람은 좋은 사람, 저 사람은 나쁜 놈, 이런 식입니다. 그리스인이든, 불가리아인이든 터키인이든 상관하지 않습니다. 좋은 사람이냐, 나쁜 놈이냐? 요새 내게 문제가 되는 건 이것뿐입니다. 나이를 더 먹으면 이것도 상관하지 않을 겁니다. 좋은 사람이든 나쁜 놈이든 나는 그것들이 불쌍해요, 모두가 한 가집니다. 사람만 보면 가슴이 뭉클해요. 오, 여기 또 하나 불쌍한 것이 있구나. 누군지는 모르지만 이 자 역시 먹고 마시고 사랑하고 두려워한다. 이 자 속에도 하느님과 악마가 있고, 때가 되면 뻗어 땅 밑에 꼿꼿하게 눕고, 구더기 밥이 된다. 불쌍한 것! 우리는 모두 한 형제간이지. 모두가 구더기 밥이니까."(니코스 카잔차키스, 『그리스인 조르바』)

"남이건 북이건 다 조선 사람이다"(「1915년 을묘년생 이수덕 씨에게 북조선은」)라는 문장을 "인도계건 아프리칸이건 메소티소건 이누이트건 마산 토박이건 다 사람이다"라고 바꿔 읽을 때, 그 어떤 이질성과 다양성이라도 '인간'이라는 가치 안에 수용하는 다문화주의자이자 세계시민주의자로

116

서의 홍성식이 행간 위로 두껍게 양각된다. 이 시집에는 "신림동 사람들"(「신림동 사람들」)과 "라오스 사람"(「방비엔, 여름」)과 "소피아 사람들"(「선로를 베고 잠드는 부랑자 – 불가리아 소피아에서」)과 "스페인계단을 채운 이방인들"(「테베레강, 늑대와 만나다 – 이탈리아 로마에서)과 "울란바토르 여자"(「울란바토르, 겨울」)와 "백광숙"(「캄보디아 사는 조선 처녀」)과 "북부 치앙콩에서 온 시골 소녀들"(「이 도시는 누구의 것인가 – 타일랜드 방콕에서」)이 함께 산다. 홍성식은 그 모두를 뜨겁게 끌어안는다. 다 사람이기 때문이다. 다 사람이다.

2. 죽도시장 천사의 시

앞서 홍성식의 시를 한 편의 로드무비라고 칭했다. 그도 그럴 것이 이번 시집에는 유난히 많은 '길'이 등장한다. '길'은 문장과 문장 사이, 행간과 행간 사이에서 홍성식의 예술가적 자존과 실존적 고뇌로 독자를 인도한다. 우리는 홍성식이 펼쳐놓은 길 위에서 시인의 눈을 통해 우리가 몰랐던, 혹은 애써 외면해왔던 세계의 풍경과 만나게 된다.

집이 없는 비둘기는 자정이 넘어도 냇가를 떠나지 못했다.

비둘기 닮은 아이들 서넛, 자식을 버린 아버지를 욕하며 싸구려 술에 취해가고. 주황빛 휘황한 가로등은 아무것도 밝히지 않았다. 위로가 사라진 세상, 가난한 연인은 서로를 연민하기엔 지나치게 야위었다. 그녀 무릎에 올린 그의 손은 이미 식어 차갑고, 무서운 속도로 내달리는 자전거는 무엇을 향해 가고 있나. 저토록 아픈 고성방가는 누구의 죄를 묻는 것인지. 잠이 사라진 여름밤, 오층 창가에 서서 쓸쓸한 바깥 지켜보는 나를 얼룩진 달이 내려다보고. 물소리마저 숨을 죽인다.

— 「천변풍경」, 전문

홍성식의 시에는 "홀로 중앙아시아 사막을 내려다보며 돌아오는 길(「대게잡이 선원 철구 씨」)"이 있고, "발 가졌음에도 발 없이 가는 길"(「1941년생 그 사내」)이 있다. 시인은 "내내 낯선 길만이 매혹적이었다"고 말하면서 "길 위에서 길을 찾다 길에 눕"(「불혹」)기도 하고, "길 위에는 방이 없"(「길 위의 방」)음을 깨닫기도 한다. 그래서 그는 언제나 "어둑한 길의 끝머리에 선 낯선 사내"(「망자의 명함」), "없는 길을 찾아 떠돈 건 아닐지"(「초록빛 네온」) 두려워하면서도 어디론가 끊임없이 걸어간다. 그렇게 "길을 잃은 자들의 당혹"(「전생」)을 기록한다. 그가 주목하는 길 위의 풍경들은 대개 주류와 중심에서 밀려난 이들, 처음부터 경계 안으로 들어올 수 없는 이방인들, 육체나 정신이 온전치 못한 불구적 존재들, 비극적 현실을 오체투지로 견디는 사람들의 핍진한 삶이다. "집이 없는 비둘기"와 "서로를 연민하기엔 지나치게 야윈" "가난한 연인"과 "저토록 아픈 고성방가"가 있는 한 "쓸쓸한 바깥"으로 향하는 방랑은 홍성식의 본능이자 운명일 수밖에 없다.

먹은 귀로 걸어가는 어두운 골목
한때 휘황하게 생을 밝히던 네온사인 모두 꺼지고
어둑한 길의 끝머리에 선 낯선 사내
손짓해 그를 불렀다
두려움보다 반가움이 먼저 왔다

사라진다는 것이 마냥 쓸쓸한 일이기만 할까
제 몫의 즐거움만큼이나 버거웠던 고난의 무게
물먹은 솜을 짊어진 당나귀의 그것마냥 힘겨웠다
춤추며 노래하는 장미의 나날들이 저 너머에 있다면
어찌 예수의 부활만 아름다울 것인가

노래가 아무것도 될 수 없는 지상에서
노래가 모든 것이 되는 천상으로

　　　　　　　　　　　　　　　－「망자의 명함」, 부분

시집에 펼쳐진 수많은 길을 마음으로 걸으면서 나는 빔 벤더스 감독의 영화 <베를린 천사의 시>를 떠올렸다. 영화는 베를린에 내려온 두 천사 다미엘과 카시엘이 인간 세계 이곳저곳을 살펴보는 여정을 담고 있다. 천사들은 베를린 거리를 돌며 병들고 가난한 사람들에게 위로의 손길을 뻗는 다. 천사의 직분을 다하고 다시 승천하려는 카시엘과 달리 인간이 되고 싶은 천사 다미엘은 어린아이의 천진함을 빌려 질문한다. "왜 나는 나이고 네가 아닐까? 왜 난 여기에 있고 저기엔 없을까? 시간은 언제 시작됐고 우주의 끝은 어디일 까? 이 세상에서 사는 건 꿈이 아닐까? 악이 존재하나? 정말 나쁜 사람이 있을까? 내가 지금의 내가 되기 이전에는 대체 무엇이었나?"라고.

홍성식도 우리에게 묻는다. "사라진다는 것이 마냥 쓸쓸 한 일이기만 할까", "어찌 예수의 부활만 아름다울 것인가" 라고. 홍성식 시의 주체 역시 베를린 천사들처럼 인간 세상의 여러 비극적 양상 속에서 고뇌한다. 다미엘과 홍성식의 질문은 모두 인간의 실존 한계에 관한 것이다. 삶에서 겪는 갖가지 고난과 그 모든 고난의 귀결인 죽음에 대한 두려움으 로 "어두운 골목"에 서 있는 인간을 위로하기 위해 시인은 천사 다미엘처럼 지상 세계의 여러 곳을 돌아다닌다. 특히 가난과 슬픔과 노동의 고통이 하수처럼 흐르는 뒷골목으로

가 오브젝트적 존재들이 짊어진 "고난의 무게"를 끌어안는다.

> 아버지, 겨울바람이 찹니다. 어떻게 지내시는지요. 간다간
> 다 하면서도 저 살기가 만만찮아 포항행 버스를 탄 지도
> 오랩니다. 어떻게든 이혼은 피해 보려 했으나 민숙이 아비
> 하는 꼴을 더 이상은 참고 보기 힘들어요. 그러다간 내가
> 제명에 못 갈 것 같아서. 낮밤 가리지 않는 술이야 답답하니
> 그러려니 한다 해도, 걸핏하면 부엌칼 휘두르고 딸년 학비까
> 지 손을 대는 이 짐승을 어쩌야 할는지요. 다 전생에 지은
> 내 죄 탓입니다. 아버지, 말 꺼내기가 두렵고 미안해요. 압니
> 다. 시장 쓰레기 치우며 엄마 없이 두 딸 키운 아버지 고생을.
> 요새는 새벽길 폐지까지 줍는다는 것도. 압니다. 다 압니다.
> 일생 용돈 한 번 준 적 없이 때마다 손 벌리는 내가 나쁜
> 년이에요. 아버지, 어떻게 이십만 원만 보내줄 수 없을까요?
> 설거지 다니는 기사식당 월급은 삼 주 후에나 나온다는
> 데…… 아버지, 아버지, 아버지. 거기도 병든 해가 뜨고 시든
> 달이 지고 있나요.
>
> —「죽도시장 2 – 기나긴 문자메시지」, 전문

영화에서 인상적인 장면은 다미엘이 지하철에 탄 인간들의 속마음과 내밀한 사정을 읽어내는 대목이다. '그녀는

의사에게 갈 돈이 없는 거야', '2년 동안 병을 앓았고 못 본 지는 4년이 됐어', '이들은 언제쯤 영생을 비는 기도를 그만두게 될까?' …… 이처럼 실존이라는 한계 앞에 괴로워하는 인간들의 고뇌는 '난 왜 사는 것일까?' '쥐꼬리만 한 연금으로 어떻게 빚을 갚지?', '난 이제 파멸이야. 마누라는 도망갔고 친구들은 등을 돌리고, 자식에겐 손가락질을 받고, 거울 속의 날 때리고 싶어'라는 생생한 고해성사로 천사 다미엘의 귀에 들려온다.

홍성식의 귀에도 불쌍한 이들의 한탄과 신음이 들린다. "아버지, 아버지, 아버지. 거기도 병든 해가 뜨고 시든 달이 지고 있나요" 묻는 절망의 소리가, "아버지, 어떻게 이십만 원만 보내줄 수 없을까요?" 애타는 기도 소리가 들린다. 그 소리를 듣는 사람만이, 그 소리를 듣고 타인과 함께 울 수 있는 사람만이 시인이 될 수 있다. 허연의 말을 빌리자면 홍성식은 "포구의 좌판에서, 소도시 뒷골목에서, 이국의 여행지에서 힘겹게 삶을 꿰매고 있는 사람들'의 "낮은 목소리를 증폭시키기 위해 마이크를 든 자멸의 가수"다. 나는 이 문장에서 '가수'를 '천사'로 바꾸고 싶다.

빔 벤더스 영화에서 '베를린'으로 형상화된 인간 세계가 홍성식 시에서는 '죽도시장'으로 함축된다. 영화에서 두 천사의 눈에 비친 세상은 무채색이다. 홍성식이 죽도시장에서 바라본 인간 세계 역시 온갖 비극의 그림자로 색채를 잃어버린 캄캄한 막장, 하지만 다미엘이 천사를 포기하고 인간이 되어 한 여자를 사랑하는 순간 흑백 화면이 컬러로 바뀌듯, 시인이 "표정 없이 젖은 침대에 드는 사람들"(「길 위의 방」)과 "길을 잃은 자들"(「전생」)을 위한 방 한 칸을 가슴으로 내어줄 때 죽도시장은 인간이 인간의 슬픔을 나누어 짊어지는 뜨거운 인간애의 현장으로 채색된다.

3. 노래가 모든 것이 되는 천상으로 포효하는 호랑이

시집 전체를 관통하는 '길'의 서사적 구조에서 『길가메시 서사시』나 『오디세이아』를 떠올릴 수도 있다. 그때 홍성식은 인간의 슬픔과 고통을 짊어지고 고행하는 영웅이 된다. '영웅'이라는 수사는 주례사 비평의 그것이 결코 아니다. 보들레르는 '거리산보자flaneur'를 근대의 영웅이라고 하지 않았던가. 벤야민은 "보들레르는 영웅의 이미지에 입각하여 예술가의 이미지를 빚어냈다"고 말했다. 홍성식은 "노량진 사는 행복한 사내"와 "대게잡이 선원 철구 씨"와 "네 번째 징역을 살러 간 아버지"와 "1982년, 열두 살 유정"과 "남서부 도시의 밤을 장악한 열아홉 어린 깡패"로 불리는 길 위의 사람들을 지금 여기에 재현한다. 고통과 절망의 구렁에서부터 작고 불쌍한 '인간'을 끌어올려, 뭍에 오른 그들이 햇살과 바람으로 진흙 묻은 얼굴을 씻고 직접 노래하게 한다. 그때 저마다의 핍진한 사연들 안에서 생이라는 적과 싸우는 영웅이 부각된다. 찰나적인 것에서 영원성을 발견하는 것이 보들레르의 근대성이라면, 홍성식의 시는 전통적이고 보수적인 서정시의 발화법에도 불구하고 가장 세련된 근대적 경향을 획득한다. 한계적 존재인 인간이 아름다움이라는 영원성 안에 편입될 때, 우리는 시라는 방주를 몰고 비극의 하상河床으로 향하는 시인에게서 인간을 왜소하게 하는 실존의 한계, 세계의 구조적 폭력, 온갖 현실 원칙과 싸우는 영웅을 본다. 마치 니체처럼, 조르바처럼.

한강 건너 당산을 지나 신림동으로 간다. 원자력발전소가 가동을 멈췄다는 뉴스를 검색하면 찜통 속 열기. 끝없이 순환하는 지하철 2호선은 멈추는 방법을 잊었고. 형광등 빛에 쩔린 눈알이 아플 때면 옆에 선 살찐 여자를 죽이고 싶었다. 지긋지긋한 수형의 나날이 끝나면 토성으로 가야할까. 신림동에선 죄 없는 사람이 더 아프다.

간헐적 공황장애와 조울증의 다른 이름 신림동. 누구도 대화의 상대를 찾지 않는다. 말수 적어진 계집애들은 침향목처럼 무거워져 살을 섞는 즐거움 따위 잊은 지 오래. 버글거리는 사내들이 만든 시끄러운 침묵에 포위된 신림동은 서울의

무인도다. 외떨어진 성채에는 이끼가 끼지 않고. 두려운 건
홀로코스트만이 아니다.

   신림동은 술 마시지 않고도 취하는 동네다. 삐걱대는 침대
에 누워 시베리아 호랑이와 만난다. 이토록 아름다운 짐승이
지구 위에 3천 마리밖에 남지 않았다니. 아비 죽었을 때도
나오지 않던 눈물이 찔끔. 다시 생겨난다면 신림동 독신가구
주가 아닌 아무르 강변 어슬렁대는 호랑이로 살고 싶다.
포수 총에 맞고도 제 울음만으로 산천을 떨게 하는.

– 「신림동 사람들」, 전문

  지구상에 존재하는 모든 동물 중에서 오직 호랑이만이
영웅의 이미지를 갖는다. 일찍이 보르헤스가 "수마트라나
뱅골을 누비며 사랑과 빈둥거림과 죽음을 일상적으로 행하
는 그 치명적인 보석, 그 숙명적인 호랑이"(호르헤 루이스
보르헤스, 「또 다른 호랑이」)를 예찬했듯 홍성식은 "아무르
강변 어슬렁대는 호랑이"를 "이토록 아름다운 짐승"으로
호명한다. 보르헤스는 도서관 서가에서 호랑이를 생각했지
만 홍성식은 "시끄러운 침묵에 포위된 신림동"에서 "삐걱대
는 침대에 누워 시베리아 호랑이와 만난"다.
  『부동문명』의 저자 모리오카 마사히로는 "괴로움과 아픔
이 없는 문명은 인류의 이상처럼 보인다. 그러나 괴로움을

멀리할 방법을 잘 알고 있고 즐거움이 넘치는 사람들은 오히려 기쁨을 잃고, 삶의 의미를 잊고 있다. 쾌락과 자극과 쾌적함을 만들어내는 여러 사회 장치가 그물처럼 정비되어 있고, 우리는 그것들에 에워싸여 '생명의 기쁨'을 잃어 왔다. 그리고 우리들의 존재를 마음속에서부터 위협하는 듯한 진짜 고통과 예기치 않았던 듯한 진짜 해프닝은 거의 존재하지 않는다"고 썼다.

강남, 8학군, 천당 아래 분당, 부동산, 재개발 등 "끝없이 순환하는" 부의 축적과 신분 상승에의 욕망이 거대한 무통문명을 이룩한 대한민국에서 "신림동은 서울의 무인도"다. 도시 빈민, 독거노인, 미혼모, 이주노동자, 고시생 등 한국 사회의 오브젝트들이 떠밀려온 일종의 '퇴적공간'인 셈이다. 모두들 괴로움과 아픔이 없는 삶을 살기 위해 자기 탐욕의 성채를 쌓는 동안 "신림동에선 죄 없는 사람이 더 아프"다. 무통문명 시대에 사회로부터 보호받지 못하고 안전장치 바깥으로 밀려난 이들은 "지긋지긋한 수형의 나날" 가운데 "간헐적 공황장애와 조울증"을 앓으며 고통받는다. 누구도 제정신으로 살 수 없으니 "신림동은 술 마시지 않고도 취하는 동네"다. 용산 참사, 구룡마을 판자촌 강제 철거, 구의역 스크린도어 사고 등은 모두 사회 안전망 바깥에서 일어난 현대판 "홀로코스트"고, 용산, 구룡마을, 구의역은 모두 '신림동'이다.

홍성식은 시베리아 호랑이를 노래하며 "이토록 아름다운 짐승이 지구 위에 3천 마리밖에 남지 않았"음을 슬퍼한다. 그리고 "다시 생겨난다면 신림동 독신가구주가 아닌 아무르 강변 어슬렁대는 호랑이로 살" 것을 꿈꾼다. 무통문명의 보호를 받는 이들은 모리오카 마사히로의 지적대로 오히려 기쁨을 잃고, 삶의 의미를 잊고, "살을 섞는 즐거움 따위 잊은 지 오래"다. 시인은 "포수 총에 맞고도 제 울음만으로 산천을 떨게 하는" 한 마리 호랑이가 되어 죄 없는 사람들의 아픔을 제 몸에 다 새긴다. 그 모든 고통을 자기 상처로 삼아 대신 피 흘린다. 그러고는 괴로움과 아픔을 모른 채 안전한 울타리 안에서 가축처럼 평온함에 길들여진 현대인 들을 업신여기듯 노려본다. 안경 속 푸른 안광이 번뜩일 때 그가 쓰는 시는 산천을 떨게 하는 울음이 되어 무통문명을 할퀴고, 착하고 불쌍한 사람들의 영혼을 지키는 파수꾼가 된다.

여기, 자기 심장을 시베리아 타이가 숲으로 삼아 피에 젖은 포효를 토성까지 쏘아 올리는 호랑이가 있다. "노래가 아무것도 될 수 없는 지상에서 / 노래가 모든 것이 되는 천상으로"(「망자의 명함」) 우리를 데려가려는 그 호랑이를 누군가는 천사라고, 또 누군가는 영웅이라고 부르겠지만, 나는 그를 세상에서 가장 아름다운 이름, 지구 위에 3천 명도 채 남지 않았을 '시인'이라고 부르고 싶다.

출생의 비밀

초판 1쇄 발행 2021년 07월 07일
    2쇄 발행 2022년 10월 07일

지은이 홍성식
펴낸이 조기조
펴낸곳 도서출판 b

등 록 2003년 2월 24일 (제2006-000054호)
주 소 08772 서울시 관악구 난곡로 288 남진빌딩 302호
전 화 02-6293-7070(대) 팩시밀리 02-6293-8080
누리집 b-book.co.kr 전자우편 bbooks@naver.com

ISBN 979-11-89898-54-0   03810
값_10,000원